蜜柑

芥川龍之介＋げみ

首次發表於「新潮」1919年5月

芥川龍之介

明治25年（1892年）出生。畢業自東京大學英文系。於大學就學中與菊池寬等人創刊第三次的『新思潮』；在第四次的『新思潮』上發表了「鼻」，其才能因此受到夏目漱石的肯定。代表作有「羅生門」、「蜘蛛絲」等。死後由菊池寬以其名設立了芥川賞。

繪師・げみ（閨蜜）

平成元年（1989年）出生於兵庫縣三田市。自京都造形藝術大學美術工藝學科日本畫專修課程畢業後，以插畫家身分進行作家活動。負責許多書籍的裝幀圖畫，受到廣泛世代支持。作品有『檸檬』（梶井基次郎＋げみ）、『げみ作品集』等。

那是一個陰霾冬季的薄暮時分。我上了打橫須賀發車、往東京方向的二等車廂，在角落坐了下來，呆呆地等著發車汽笛聲響起。車廂裡的電燈早已亮起，非常難得，除我之外沒有其他客人。望向窗外，就連那陰暗的月台上，今天也意外地沒有丁點來送行的人影蹤跡。唯有一隻身處籠中的小狗，偶爾會發出些許悲戚的鳴叫。這些景色非常不可思議地，十分符合我當時的心境。在我的腦中，那些無以名狀的疲勞及倦怠感等，就像那欲雪陰沉的天空一般，悶悶地在心頭壓上一片影子。我始終將兩手插在外套口袋裡，裡頭明明就放著晚報，我卻連抽出來看的精神都沒有。

不久後，發車汽笛響起。我一邊感受著自己心靈稍稍放鬆的感覺，同時將頭靠向後頭的窗框上，我並未特別想等待，卻又像是期待般地，想著不知眼前的車站景色，何時就要緩緩向後流動。然而在那之前，卻有陣啪噠啪噠的矮齒木屐聲，從剪票口那兒傳了過來，而我搭乘的二等車廂的門，也隨著車掌似乎在咒罵些什麼的話語，嘩啦地被拉了開來。有個十三、四歲的小姑娘慌慌張張地進了車廂，幾乎就是那同時，車子用力地晃了一下，緩緩向前開動了。將視野劃成一格又一格後離去的月台柱子、如同被遺忘在那兒的運水車、以及因為拿到謝禮，而正向車內某人致敬的赤帽——這一切都在吹向車窗的煤煙當中，悻悻然地向後離去了。我的心情終於變得輕鬆一些，將手工菸捲點上火，這才抬起慵懶的眼皮，瞥了一眼在我對面座位坐下的小姑娘臉龐。

小姑娘的髮絲並未上油，隨意綁著將頭髮全往後梳的銀杏髻，那留下像是把鼻涕或口水拭去後痕跡的發皺雙頰，紅通通到令人心生厭惡，怎麼看都是個鄉下少女。她圍了條看來滿是髒汙的黃綠色毛線圍巾，尾端有氣無力地往下垂，膝上放了個非常大的包袱。而抱著那大包袱的粗糙手中，萬分珍惜地緊捏著三等車廂的紅色車票。我實在不喜歡這小姑娘低俗的面貌。另外，她的服裝骯髒，也實在令人不愉快。最後就是她連二等和三等都不會區分，那愚鈍的心靈更是惹人生氣。

為此，已經黯然厭倦的我，一方面也是為了想遺忘這個小姑娘的存在，只得拿出口袋裡的晚報，在腿上攤開之後，漫無目標地翻看著。忽地，從外頭落在晚報上的光線，轉瞬成了電燈的光線，幾個印刷不佳的欄位，上頭的鉛字在眼前立體了起來，鮮明到令人驚訝。不必多說也能明白，火車現在正開進了橫須賀線上眾多隧道當中，最初的那一個。

但是，就算張望著被電燈光線照耀的晚報版面，能夠慰藉我內心憂鬱的，也不過都是這個世間的平凡俗事。媾和問題、結婚公告、瀆職事件、訃聞——在進了隧道的那一瞬間，我有了個錯覺，彷彿火車正向著相反方向跑，同時也機械性地，看過一則又一則索然無味的新聞。不過，在那同時，我當然也無法不去注意到，那個小姑娘是以多麼卑俗又現實的人類姿態，就坐在自己的面前。在此隧道中的火車、這個鄉下小姑娘、以及這份被平凡新聞填滿的晚報——這些東西若不是象徵，又會是什麼呢？難道不正是象徵著不可理喻、低劣又無聊的人生嗎。我覺得一切都太過無趣，把看到一半的晚報拋向一邊，又將頭靠回了窗框，彷彿死亡般閉上雙眼，迷迷糊糊地打起盹來。

就在幾分鐘之後。我心中突然感受到了某種驚擾感，忍不住抬眼張望四下，沒想到那小姑娘不知何時，已從對面移動到我的旁邊來，非常努力地試著要打開窗子。但是，玻璃窗似乎真的非常重，讓她無法順利地扳動窗子，而她皺巴巴的臉頰也變得更加紅通通，偶爾還發出吸鼻涕的聲音，伴隨著小小的喘氣聲，不停地傳進我耳朵裡。當然，這種情況就連我也忍不住起了些許惻隱之心。

不過，於此暮色當中，明亮的兩側山腹只蔓生著枯草，而且越來越貼近窗邊，非常顯而易見地，火車就要開進隧道口了。即使如此，這個小姑娘卻依然硬是要將關著的窗子給拉下——我實在無法理解她這麼做的理由。不，這時我也只能心想，也許是這小姑娘一時興起吧。

因此我的心底深處仍舊繼續堆積著厭惡感，以冷酷的眼神觀望著

她那想以凍傷雙手打開窗戶、拼死拼活的樣子，簡直就像在祈禱

她永遠不會成功。

沒想到就在此時，火車發出淒厲的轟隆巨響，奔進隧道的那一瞬間，小姑娘拼命想要打開的那扇玻璃窗，終於碰地一聲掉了下來。

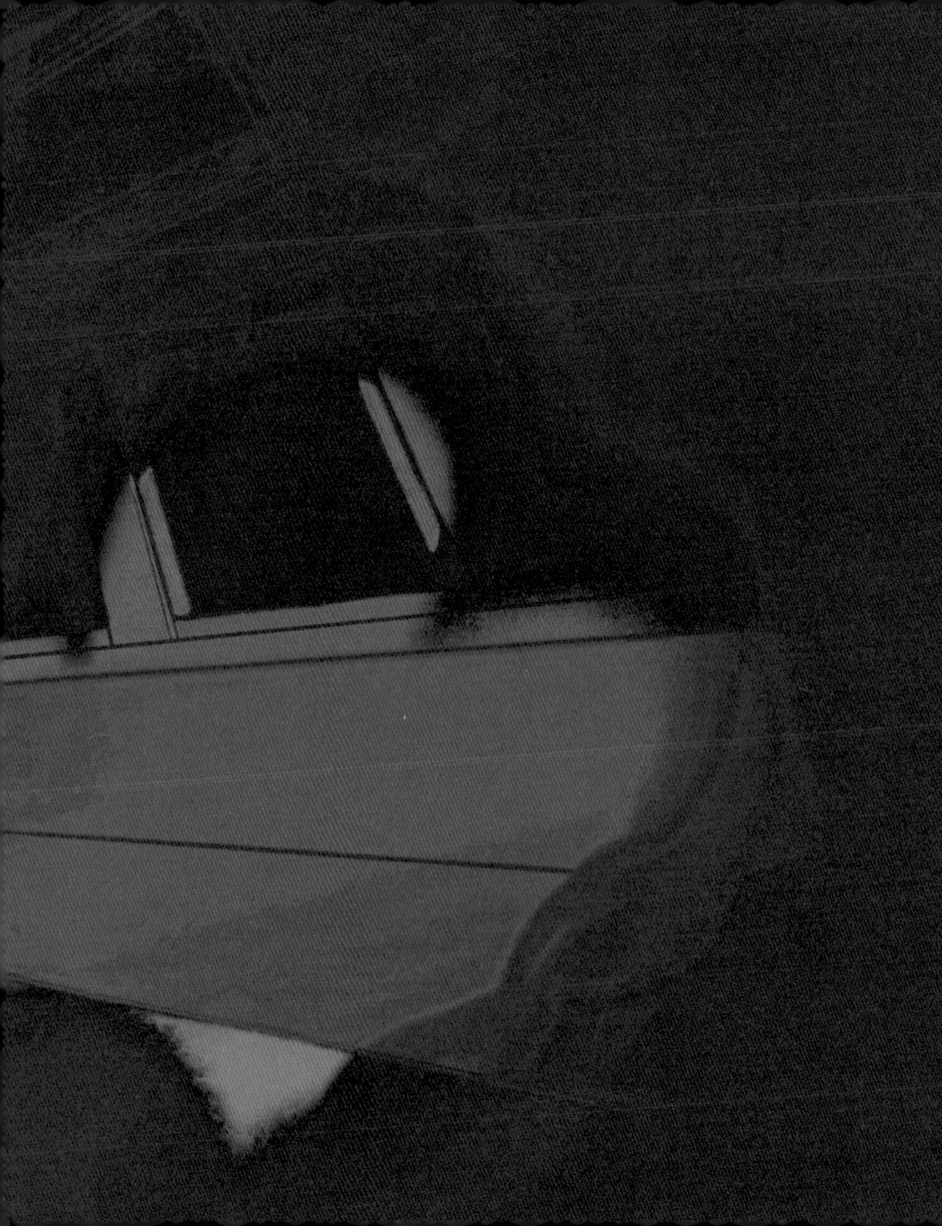

也因此，那有如煤炭直接融化而成的黑色空氣，轉瞬就成了令人呼吸困難的煙霧，從那四方形的洞中一舉湧進車廂內，眼前一片濛濛然。

我原本喉嚨就不好，這下子連用手帕蒙個臉也來不及，立即因為這迎面而來的煙霧，咳到幾乎上氣不接下氣。

但小姑娘連一絲絲在意我的感覺都沒有，始終將頭伸向窗外，黑暗中不斷有風吹來，她一邊與自己因風而紛亂的髮髻鬢角奮戰，同時目不轉睛地望著火車前進的方向。我在煤煙與電燈光線當中望著她的樣子，而窗外也越來越顯明亮。如果不是這時有泥土的氣味、枯草的氣味及水的氣味涼涼地流進了車廂，在我咳嗽終於停下來的當下，我肯定會劈頭痛罵這個未曾謀面的小姑娘，還會讓她把窗戶關回原來的樣子。

但火車就在此時，輕鬆地穿過了隧道，正通過那委身在滿是枯草的山與山間、某個窮酸城郊的平交道。在這平交道的附近，有許多看似非常寒酸、有著稻草或磚瓦屋頂的房舍，雜亂無章又擁擠地蓋在一起，前方不知是否為平交道管理員？有面蒼白色的旗子慵懶地在暮色中搖晃著。

還想著終於出了隧道呢——就在此時，我看見那蕭瑟的平交道柵欄外，有三個臉頰通紅的男孩，肩並肩站在那兒。他們非常地矮小，就好像被這陰天給緊緊壓著似地。身上穿著的，還是與這城郊陰慘風景相同顏色的服裝。他們仰頭望著火車通過，忽然一起把手舉了起來，用那幼小而高亢的聲音、拼命的迸出了我完全聽不懂內容的喊叫聲。

就在這個瞬間。

從車窗裡探出了半個身子的那小姑娘，拼命伸出那凍傷的手，用力地左右揮舞，接著就有大概五六個蜜柑，帶著能立即使人心生雀躍、宛如染上溫暖日頭的顏色，自目送火車離去的孩子們頭上零零散散地落下。

我忍不住倒吸了一口氣。在那瞬間我才恍然大悟。這小姑娘，恐怕是正要前往奉公處，因此從窗戶丟出了一直護在懷裡的幾顆蜜柑，用來回報特地前來平交道送行的弟弟們。

籠罩在暮色中的城郊平交道、有著宛如小鳥般啼叫聲的三個孩子、以及那在他們頭上散落而下的鮮豔蜜柑色——這一切都在火車窗外，眨眼即逝。

但是，這個光景，清晰到幾乎令我感到悲切，深深烙印在我心上。同時我也感受到，從那心頭烙印之處湧出了某種難以言喻的豁然開朗心情。我昂然抬起頭來，像是在看另一個人一般，注視著那個小姑娘。她不知何時已經回到我對面的座位，仍將皺巴巴的臉龐埋在黃綠色的毛線圍巾當中，抱著大大包袱巾的手，緊握著三等車廂的車票。……………

從此刻起，我終於能稍稍忘懷，我那些無以名狀的疲勞與倦怠；
以及這不可理喻、低劣又無聊的人生。

＊本書之中，雖然包含以今日觀點而言恐為歧視用語或不適切的表現方式，但考慮到原著的歷史背景，予以原貌呈現。

譯註

第3頁

【新思潮】新思潮為日本的文藝雜誌，原先由小山內薰創刊，發行至第六號結束。之後由東京大學的學生繼承其名，多次復刊。當中尤以第三次及第四次的成員最具代表性，被稱為「新思潮派」，包含芥川龍之介、菊池寬、久米正雄、山本有三等人。

第4頁

【二等車廂】（二等室）日本於火車運行初期～1960年左右，將火車上的載客車廂區分為三等，差別在於車廂內部裝潢等級與票價。一等的車廂最為舒適、票價也最貴，其次為二等車廂，三等為最下。當時二等車廂的車票為藍色，三等車廂則為紅色車票。1960年以後分為二等制。目前JR公司（前日本國家鐵路公司）及部分私人鐵路公司的長途列車中，仍有價格較高的綠色車廂或商務座位，台灣高速鐵路的商務車廂亦為相同制度。

第6頁

【矮齒木屐】（日和下駄），是一種女性穿著的矮齒木屐。此款木屐的結構是將木屐齒固定在鞋底上，並非一體成形。若木屐齒磨損，可以只更換木屐齒，是較為節省費用的木屐。

【赤帽】過往世界各國在貨物運輸業尚未發達之時，搭乘火車的乘客經常有許多行李，因此車站當中會有收費將行李搬運上車的服務人員。這些服務人員大多戴著紅色帽子，在日本被稱為「赤帽」。在貨物運輸業發達之後，各車站的赤帽人員逐漸減少，2006年一度消失。但2012年起由宅急便公司重新開始提供搬運服務。

第8頁

【銀杏髻】（銀杏返し）將綁高的髮束分成左右兩束各做成一個圈後，把髮尾綁在一起的髮髻。為江戶末期到明治初期12～20歲左右女性的主要髮型，明治中期以後由於此髮型簡單易綁，因此成為少女至中年女性平日的髮型。若是較重視裝扮、或手頭較寬裕的女性，通常會把髮髻做得較大、且上油確保髮絲不會凌亂。

第12頁

【媾和問題】（講和問題）此指1918年11月第一次世界大戰結束後，協約國與同盟國協調凡爾賽條約內容之事。

第26頁

【平交道管理員】（踏切番）過往的平交道並沒有自動柵欄，因此會有一名工作人員，負責在列車通過平交道前把柵欄放下。列車通過後該人員也會將柵欄打開。揮白旗（夜間使用提燈）表示平交道上淨空，列車可安全通過。

第36頁

【奉公】前往某人家中工作，通常會直接住在該戶的屋子內，工作內容通常為家事，若為店家也可能包含相關業務工作。

解說

無力改變，世界卻有了顏色／洪敍銘

I

隅田川一片陰沈沈的。他從已經開動的小汽艇窗口遠眺對面島上的櫻花，盛開的櫻花在他眼裡看來就如同一排破布般的憂鬱。可是他在那些櫻花身上——江戶以來的對面島上的櫻花身上，不知不覺看到自己的影子。（芥川龍之介，〈某阿呆的一生〉）

觀覽芥川龍之介的作品，不免有種「灰階」之感，他擅用白描手法，卻又矛盾地隱去了那些物體的顏色與氣味；彷若他的小說裡總在陰雨，總在低冷的氣候，總是陰沉憂鬱，總是獨步通往凋零。

一八九二年，芥川龍之介出生於東京，原名新原龍之助的他，出生不久即母親精神異常，後成為舅舅芥川家養子，幼年發生的兩件突然其來的轉變，深刻影響著他的心理；不過，卻也因芥川家文化藝術氣息的薰陶，養成他的語文天賦；大學畢業後作品發表於《新思潮》，受夏目漱石讚賞，遂成為新思潮一派的代表作家之一。

新思潮派與當時以上層文人理想世界為主題的白樺派有相當的差距，他們以20世紀初日本小資產階級的生活現實為核心，抒發不滿卻難以排解、突破的苦悶；對比芥川龍之介的生平，他一生受疾病所苦，又因個人壓抑的性格，併發精神衰弱與幻覺症，他竭盡全力療養，奮力地與其對抗及共處，卻終究因時局動盪及家庭因素，最終以自殺終結生命。

他讓許多在現實世界中難以排解的問題與自我質疑，留置於小說中反覆辯證，知名的〈羅生門〉、〈竹林中〉均相似地透過重合又矛盾的證詞與說法，挑戰人性、道德與對未來的迷茫感；這些作品展現一貫的壓抑、混亂及難以解釋的氛圍，雖塑造了專屬芥川龍之介的風格，卻在同時間殘痛地描繪了他的一生。

II

一顆露珠就滿足了自己
也滿足了一葉小草
而且感覺：輪迴是何等遼闊
而生命何等渺小
—節錄自 Emily Dickinson，〈露珠〉

〈蜜柑〉被認為是芥川龍之介少數抒寫溫情的作品之一，全文以車廂裡的富家少年，對令他嫌惡的小女孩一舉一動的觀察展開。故事伊始，維持著芥川龍之介陰暗沉悶的文字風格，他對往來的人影蹤跡感到無比倦怠與疲憊，對晚報上的平凡新聞嗤之以鼻，彷彿他的人生也庸俗地無趣低劣；所有的景象都是灰的，情緒沉鬱，毫無生氣。

拿著三等車票，突然闖入這片沉悶風景的鄉下女孩，她面容低俗、打扮隨意、衣著滿是髒污、心智愚鈍，儘管讓高高在上的他感到憤怒與不滿，卻也讓原本一片死寂的畫面，出現了意想不到的波動。

芥川龍之介透過嚴苛、刻薄的眼光，沉默卻也極盡羞辱地塑造女孩的形象與惱人的惡行，也暗示了當時日本社會的階級差距——那不僅只是貧富差距，而是城／鄉間自視優越與刻板印象的難以調和；因此，泥土與枯草的氣味令他的咳嗽稍稍緩解，低矮的稻草屋與磚房卻仍讓他感到厭惡。敘述至此，仍然籠罩著一大片陰慘蕭瑟的景象與氛圍。

當女孩懷裡拽著的五、六顆蜜柑從窗戶擲落到軌道旁目送火車的幾個孩子頭上時，天光彷彿豁然開朗，周遭的景物也像上了色一般，塗上了如溫暖日照般鮮豔的蜜柑色，行駛於日落之刻、城郊之際、伴隨著高亢嘈雜的喊叫聲的列車，轉瞬間有了一絲生命力與氣息。

對女孩而言，闖入二等車廂或許不是年幼無知，而是她必須在她進不了的空間、進不了的世界，才能把用力保護的幾顆蜜柑，用以回報送行的其他孩子們，這種微小卻又唯一能完成的心願，伴隨著巨大的衝擊，讓原本鄙視一切、冷眼旁觀的他深深震動，那綜合著開朗的心情，彷彿終於解開了一個難解之謎般的興奮，更多的卻是悲切的自我回顧，他知道眼前的這一切或許也是鏡像，朦朧卻也清晰的映照著已流瀉的時光，曾誕生於己身，卻已消失的每一個溫暖的瞬間。

最終對坐的兩人：冷傲依舊的「我」、回歸平靜坐回座位的女孩。

目睹整個過程的他，自始至終不發一語，他知道加諸於身的疲勞、倦怠，還有自己不可理喻而低劣、無聊的人生並沒有任何改變，但在女孩的蜜柑擲出窗外的那個瞬間，彷若火花一般照亮了短暫片刻，讓他的世界，有了些許的顏色；女孩在費盡心思的準備、用盡氣力的擲出蜜柑後，她無從確認那些蜜柑是否完好，是否能被送行的孩子們拾起，她能為自己做的只有這件事，看似光亮溫暖的世界，卻在路途遙遠，不知盡頭的列車行進間，漸漸、漸漸地重新蒙上灰暗的色彩。

或許，現實世界都無法改變，且人們在某種程度上，都能清晰地意識到自我人生的終站、結局的悲喜；而這些意料之外出現的蜜柑，讓女孩完成可能是她最後一個自主的決定，接著，她就必須義無反顧地投入茫然的、如「我」一般無以名狀的、疲勞倦怠的人生。可是，在這種微妙也必然的對應和輪迴中，灰暗世界出現些許色彩，那也許是轉瞬而逝的希望，卻也可能是靈魂裡的一次救贖契機。

解說者簡介／洪敍銘

文創聚落策展人。現職為花蓮縣文化局藝文推廣科科員，主責花蓮縣藝文宣傳品出版、文化創意產業發展、前瞻計劃等。從研究者的身分，經過社區歷練進入行政機關，嘗試透過長期對地方理論、台灣文化的關注，進行體制內的實務嘗試與改變，曾策劃多場設計師、文創業者與地方館舍之倡議活動及展覽，為《曙光月刊》、《洄瀾文訊》專欄作者，著有《從在地到台灣：本格復興前台灣推理小說的地方想像與建構》、〈理論與實務的連結：地方研究論述之外的「後場」〉等作，目前定居於花蓮，以花蓮文創發展為己職。

乙女の本棚系列

『與押繪一同旅行的男子』
江戸川亂步＋しきみ
定價：400元

『檸檬』
梶井基次郎＋げみ
定價：400元

『葉櫻與魔笛』
太宰治＋紗久楽さわ
定價：400元

譯者

黃詩婷

由於喜愛日本文學及傳統文化，自國中時期開始自學日文。大學就讀東吳大學日文系，畢業後曾於不同領域工作，期許多方經驗能對解讀文學更有幫助。為更加了解喜愛的作者及作品，長期收藏了各種版本及解說。現為自由譯者，期許自己能將日本文學推廣給更多人。

國家圖書館出版品預行編目資料

蜜柑 / 芥川龍之介作；げみ繪；黃詩婷譯. -- 初版. -- 新北市：瑞昇文化, 2019.07
60面； 18.2x16.4公分
譯自：蜜柑
ISBN 978-986-401-354-8(精裝)

861.57 108009707

TITLE

蜜柑

STAFF

出版	瑞昇文化事業股份有限公司
作者	芥川龍之介
繪師	げみ
譯者	黃詩婷
總編輯	郭湘齡
責任編輯	徐承義
文字編輯	蔣詩綺　李冠緯
美術編輯	謝彥如
排版	謝彥如
製版	明宏彩色照相製版股份有限公司
印刷	龍岡數位文化股份有限公司
法律顧問	經兆國際法律事務所　黃沛聲律師
戶名	瑞昇文化事業股份有限公司
劃撥帳號	19598343
地址	新北市中和區景平路464巷2弄1-4號
電話	(02)2945-3191
傳真	(02)2945-3190
網址	www.rising-books.com.tw
Mail	deepblue@rising-books.com.tw
初版日期	2019年8月
定價	400元